각시푸른저녁나방

시작시인선 0422 각시푸른저녁나방

1판 1쇄 펴낸날 2022년 5월 13일
지은이 권규미
펴낸이 이재무
기획위원 김춘식, 유성호, 이형권, 임지연, 홍용희
책임편집 박찬세
편집디자인 민성돈
펴낸곳 (주)천년의시작
등록번호 제301-2012-033호
등록일자 2006년 1월 10일
주소 (03132) 서울시 종로구 삼일대로32길 36 운현신화타워 502호
전화 02-723-8668
팩스 02-723-8630
블로그 blog.naver.com/poemsijak
이메일 poemsijak@hanmail.net

ISBN 978-89-6021-630-3 04810
978-89-6021-069-1 04810(세트)

값 10,000원

각시푸른저녁나방

권규미

천년의 시작

시인의 말

우울과 불안을 잠재우는 시간의 어떤 틈을 나는 사랑한다. 그리고 사라지고 사라지는 삶의 아름다움과 덧없음을 어여뻐하며 이야기하는 구름과 노래하는 나무와 이 세계의 불온을 믿는다.

차 례

제2부

제3부

해 설

제1부

감자를 캐는 아침

줄남생이 같은 감자알들 안간힘을 쓴 듯
이마 위 주름살 팽팽하다 온몸 까슬까슬 별이 박혔다

처음엔 물방울처럼 작고 맑았을
햇병아리 심장처럼 콩콩콩 뛰었을
손톱 조각 뜬 야윈 어둠도 바다 같았을

모든 사랑은 슬픔이어서 울다가 깨어 보면 훌쩍 키가 자랐다
각진 마음도 둥글어지고 그만큼 세상의 틈이 헐거워졌다

그만큼 나의 자리가 순해진 것
시간과의 사이가 조금 가까워진 것
어둠이 조금 물러나 준 것
별들이 스스로 제 키를 줄여 준 것

햇살의 젖꼭지에 매달려 우르르 몰려나온
감자알같이 어린 신들 앞에 저절로 몸이 낮아지는 아침이다

와글와글 필담

새 적멸보궁에 올릴 기와를 보시하라고 늙은 문수보살이 소매를 끌었다 검은 평와에 흰 매직으로 개발새발 그려 놓은 위험한 계단들이 막대그래프처럼 오르락내리락 시소를 타는 한낮이었다 겨울 해변의 외딴 덕장에서 꾸덕꾸덕 말라 가는 오징어나 명태 같은 것들도 보궁의 새 적멸에야 눈이 번쩍 뜨일 밖에 딴 도리는 없을 듯했다 팍팍한 이번 생의 심지 한 장 꺼내어 저 불심 가득한 기왓장에 업혀 필담이나 한번 명랑히 뛰어 볼까 지지리 궁상의 다디단 밀약이나 꾹꾹 눌러 애꿎은 사바의 바닥까지 한달음에 폴짝 내려서 볼까 적멸이 보궁을 낳아 눈부신 날개옷 한 벌 황황히 입혀 줄 것도 같은데 끝내 나는 낡은 문수의 회유에 답하지 않았다 삼생의 기억이 환히 떠오르고도 남을 화엄사 각황전 석등 앞에서 한 번도 적멸이 되어 보지 못한 납작한 그림자나 되기로 했다 와글와글 끓는 필담들을 다독여 삐뚤삐뚤한 시나 한 편 쓰기로 했다 새 적멸보궁은 거기다 세우기로 했다

천관사를 지나다

작은 뿔을 들이미는 검은 염소처럼
까아만 속을 어르며 뒤뚱거리기만 했다

매일 몇 방울씩 눈물이 모자랐다 등피를 닦아 걸고 물 묻은 손을 문지르며 나방이처럼 경건히 녹슨 거울 속을 들여다보았다 당신이 여기 있을 때 나는 여기에 없고 내가 여기 있을 때 당신은 어디에 있었는지 푸른 시간의 날개들이 단풍잎으로 지는 산기슭, 생각 없이 작은 뿔을 들이미는 검은 염소처럼 서로 까아만 속을 어르며 뒤뚱거리기만 했다 발자국 톡톡 멀어지려고만 했다 어느새 까마득 이름도 잊은 마주 보는 장승의 그림자처럼 애써 무심을 가장한 배우가 되었다 아무도 몰래 무색의 눈물 한 방울 내 눈 속에 떨어뜨렸다 손안의 새를 잃어버린 듯 잠깐 울고 싶어졌다 난생처음 나를 데리고 앉아 세상 가장 슬픈 연인에게 하듯 중얼거린다 우리는 서로 어딘가로 가는 중이었다

월인月印

대낮에도 등불을 들고 다녀야 할 만큼 세상은 어두웠어요 구름의 슬픔을 깁던 나무들의 이야기는 빗방울에 갇혀 오래 떠다녔지요 하늘소처럼 빛나는 더듬이를 꿈꾸던 나는 늙은 살구나무에 기대 달의 덧신을 뜨고 있었어요 실의 한 끝을 나무의 심장에 잇댄 탓인지 귀가 붉은 바늘의 엷은 무늬 촘촘히 늘어선 탓인지 하늘과 땅 사이 온통 화창한 물결이었어요 내 손바닥은 살구 꽃잎처럼 작고 모래의 눈꺼풀처럼 매웠지만 둥근 달의 발바닥을 비추어 겹겹 흰 그림자를 불러내었어요 어둠 속의 우물 차곡차곡 분홍 이마를 쌓는 봄밤의 나무들 원왕생 원왕생 풀었다 감고 풀었다 다시 감는 몸속의 길들이 깃털보다 가벼웠지요 처음 내가 살구나무 꽃가지에 기대 달의 덧신을 뜨기 시작했을 때부터 저녁마다 열 손톱 이마 위엔 초승달 돋아나고 백 년 전인지 천 년 전인지 그보다 더 오래전인지 기억도 나지 않는 아마도 그건 하염없는 피의 흔적이거나 어떤 문장의 내력이겠지요

꽃의 우물

날개도 없는 저것들 어항 속의 금붕어라고 잠시 믿을까요 아니면 꿈속의 어느 왕에게 묵묵히 되돌려 주었던 칠천 개의 은 조각이라고 하늘의 어머니가 황금 비녀로 그어 만든 찰랑이는 물이랑이라고 가파른 페이지마다 다디단 비상을 묻힌 책 중의 책이라고 소문이 끌고 가 버린 그림자의 빈 상여라고 물가의 노파처럼 지루하고 분별없는 한 척의 허공이라고 죽은 소를 끌듯 없는 베를 짜듯 하염없이 다만 우겨 볼까요 물로 만든 바퀴의 힘을 믿는 꽃이 있고 우연을 탁발하는 장미의 그림자가 있고 그 꽃의 향기를 뒤죽박죽 뒤섞은 왕이 있고 하지만 당신이 그랬나요 별들이란 꽃의 우물이라고

겹

당신 발바닥 만 권 책입니다 절벽과 절벽 같은 층층의 책들 사이 시린 연못 물처럼 일렁이는 겹겹 그림자 그 사이

내 생과 내 사랑이 작은 꽃나무나 되는 듯 서서 청동거울처럼 오목하게 파인 적막의 골짜기를 들여다본 적 있어요

아득히 맑은 세상의 강물 소리 바라보며 부르튼 페이지 베고 누워 흘러간 것들과 흘러올 것들의 수런거림 들어 보았지요

둥글고 흰 그늘들 붉은 나팔꽃 한 송이 꺼내어 들듯 제 얼굴 부끄러워 안개 속으로 달아나는 아침도 있었지요

바위그림 속 말안장이나 화살촉처럼 더듬거리는 마음보다 풍경이 먼저 휘어지는 건 오래된 슬픔 그 빗방울 탓이어요

도서관의 수만 장서 앞에서 나 그물에 걸린 물고기 같았어요 해독이 어려운 당신 발바닥 상형문자, 그 겹겹의 지문들 생각났지요

안개를 베끼다

토요일 아침 로또 당첨자의 행동 강령을 듣고 웃다가 책상 위로 쌀알들 흩뿌렸다 펼쳐 놓은 책들 위로 아래로 깔깔대며 구르는 장난꾸러기들 백 년 전 아마도 나는 무녀였을 것이다 붉은 가사 붉은 고깔 쓴 상처 위에 상처를 덧입은 행복한 귀신이었을 것이다 구름의 발을 드리우고 홀로 세상을 점치다 오지 않는 사람을 기다렸을 것이다 사십 년 전인가 오십 년 전인가 환속한 달님 쌀을 퍼 가며 발자국마다 하얗게 쌀알들 흩어 놓았지 이슬 젖은 흰빛은 황망하고도 소소로워 젊은 아버지 딸 다섯이 못 되는 탓이라 웃고 빈 독의 어둠을 긁으며 어머니 세상에 참 눈 밝은 쥐라고 그날 우리 아침밥을 먹었는지 먹지 않았는지 돈을 형이라 부른 옛일을 두고 눈썹 빠지도록 웃었던 호랑이들이 만 석 쌀을 흩뿌렸는지 허공의 물빛 한나절이 지나도 가라앉지 않는다

슬픔에 대한 예의

55년 만의 추위라는 아침 빙판길을 걸어 2층 내과 진료실 의자에 도착했네 사려 깊고 다정한 흡사 전생의 엄마이기라도 한 듯 횡설수설하는 내 말을 경청하고 아픈가 아닌가 물어보고 만져 보고 오래된 연못에서 건져 올린 목선처럼 문득 아침 해는 떠오르고 언어학자와 수학자와 과학자가 한 탁자에 마주 앉은 것처럼 사진으로 본 하우스만의 〈기계적인 머리〉 앞에서 왜 네 생각이 났는지 몰라 사람과 사람 사이 공기처럼 흐르는 날 선 기호들 눈사람의 검은 기표들 강박증과 히스테리 서로 반대 개념이라네 불신의 대상이 그런 거라고 그러니까 무엇에든 너무 가까이 가는 건 위험하다고 그게 농담이든 혁명이든 아니면 자신의 영혼이든 지금 내 소원이 뭔지 알아 펑펑 쏟아지는 눈발처럼 한없이 울어 보는 것 하염없이 가벼워져 보는 것

봄빛, 다정

무덤 속같이 깜깜한 그 난바다의 물빛들을 한 줄로 세우거나 겹겹이 포개는 일이 참말 가능한 건지 도무지 모르겠네

태어나 한 번도 가위질 닿지 않은 머리칼처럼 치렁치렁한 놈들 이끌고 깎아지른 벼랑 위의 불무사 찾아가네

세상 밖의 것들까지 죄 불러들여 씻기고 먹이고 재우느라 손바닥 발바닥 다 닳은 어머니의 어머니 만나러 가네

송장도 일어나 춤출 만큼 가벼운 햇살 속 오래된 돌들이 서로의 눈물을 닦아 주며 한세상 적막하고 다정하네

오갈 데 없는 햇살의 난분분함도 층층나무들처럼 층하를 가늠할 수 있는 날이 정말이지 있기는 있는 모양이네

바위 속 발바닥 꺼내 층층 빛의 주문을 새기며 다시 또 궁금해지네 생각을 정리하면 봄보다 먼저 꽃이 피는지

아니면 피기도 전에 지는지 발아래 봄 강물 연둣빛 물밥 한 그릇 놓고 덩달아 아득아득 수심이 높네

꿈이 먼가?

쉰이 한참 지난 내게
'꿈이 먼가?' 누군가 묻네
'꽃 피는 살구나무'
눈송이 날리는 머리칼 너머 '아' 하고
입 벌려 웃네
미처 말이 되지 못하고 꿀꺽 소리만 남은
꽃잎들 벼랑에 닿네

어려서 살던 집 울타리 너머
어떤 해도에도 나타나지 않은 섬 같은
살구나무 한 그루 있었네
천년을 사는 섬
생명의 부패를 막는 오랜 비밀에 싸여
무장무장 빛나던 그 섬
그림자 가진 종족 아예 거느리지 않았네

몇 생을 거쳐 다시 숲의 문하
저 초록들로부터 무엇을 흥정할까
야바위꾼처럼 서성이는데 빗속 난데없는
우산 지붕처럼
'꿈이 먼가'

술래

담벼락 아래 호박씨 묻었다 초막 한 채 머리에 이고 캄캄한 기차역을 빠져나오는 어린 달팽이들 두리빈두리번 싹이 돋았다 전생의 기억은 눈 뜨기 전까지라던가 세상은 아직 나비 날개 위의 반쪽 그늘 팔랑팔랑하고 모자도 벗지 않은 어린 호박같이 연한 생애를 접어 동생이 죽던 그해 여름, 저녁마다 별들은 한사코 술래가 되었다 무궁화꽃처럼 피었다 지고 스러지고 스러지는 붉은 노을 뒤에서 여전히 그는 술래였다 연둣빛 막막한 눈을 가리고 담벼락에 딱 붙어 서 있다

슬픔의 입양

에구에구
먼지들이 일가를 이룬 집, 사랑도 불멸이라면
지긋지긋하겠다

나라면
구름이나 나무를 들였을 것이다

물려줄 사명 같은 게 있을 리 없는 엄마, 그래도
참, 유구한 소원이어서

마악 잎을 틔운 보리 싹 같은 아들, 깜박
숨을 놓은 순간
무언가 그녀의 몸을 통과했을 것이다

얼마쯤 그녀의 생을 들어 올리고
빛나는 무언가 다가오고, 이내 사라졌을 것이다

닦아도 닦아도
사라지지 않는 한 영원을 만났을 것이다
그랬을 것이다

>

아귀 같은 딸년들 대신
세세생생 지극할 슬픔

아들 대신 맞았을 것이다, 슬픔의 효성이
저승까지 이어져 드디어
불멸의 가문, 만세를 빛내고도 남겠다

언言이라는 이름의 여자

옛날 옛날에 꽃보다 곱고 선녀보다 착한 어린 엄마가 살았대 적막하고 무서웠지 세상이라거나 세월이라거나 그런 가벼움 대신 까마득 늙은 나를 무작정 입양했지 거북아 거북아 바닷속 거북아 아무도 막대기 두들기며 노래하지 않았어 어린 엄마는 어렸으므로 때때로 무지막지 용감했고 쓸쓸했고 그리하여 갈수록 더 외로워졌지 라푼젤처럼 나는 구름의 사닥다리가 필요했으나 그이는 먹이지도 씻기지도 않은 채 편견과 오류 속에 다만 유폐했어 그저 늙는 일에만 생을 기울인 새까만 염소처럼 투정이 늘고 아집이 쌓여 햇빛이나 달빛의 머리채를 잡아끄는 하염없는 망나니가 되어 갔으나 그 새파란 엄마는 루루랄라 휘파람만 불었어 안다미로 안다미로 그네만 탔어 옛날, 옛날 언言이란 이름의 작고 어린 여자가 아무도 몰래 나를 데려다 수백 층 탑의 꼭대기에 가두었어

직방直放이라고

어제 전화 미안하다고 한 시인이 전화했다 무심이 미안하다는 건지 유심이 미안하다는 건지 당최 가늠이 되지 않아서 베끼고 있던 시 한 편을 읽어 주었다

그러니까, 정든 세상이 이방인처럼 막막해져 낯선 눈빛더는 둘 데 없어 내게로 향할 때는 시가 직방이라고 직방이란 시를 읽어 주었다

실없는 미안이 직방으로 날아갔는지 참으로 두 마음 사이에 간절한 직방이었는지 제 몸을 베어 꿀꺽 삼켜 버린 초승달이 해맑은 아이의 심장에 빨대를 꽂으며

혈관 속에 그믐을 새겨 넣듯 그리 직방이었는지 우리 사는 일이 그렇게 황홀한 한 방일 수야 있을까마는

황금메기

그대를 여기서 만나다니, 생산이 없으면 죽음이라는 말씀의 두릅들 마른 명태처럼 겹겹이 쌓인 나라

살아 적빈을 자랑하더니 죽어 금물을 뒤집어썼네 그려 아무도 고백하지 않으니 스스로 고백하는 수밖에 도리가 없었다고

자네 원래 자본주의라는 건가 어디 날 한번 가르쳐 봐 거짓말해 봐 꽃 핀 적 없는 그 꽃 못들에 대해 약속해 봐

죽어 천 년이 지나도 제 마음을 여의지 못하는 것들의 머리 위에 거짓말처럼, 다디단 거짓말처럼 촛불을 켜 봐

사유의 위독함은 식민지의 역사처럼 유폐되었고 진흙 바닥에 꼬리를 펴 제 이름을 낳는 미물들처럼 빗방울 빗방울들의

화담, 여기서 그대를 만나다니 물빛 부유한 호반의 숲 더군다나 황금의 세속 구차하고 가여운 만만세라니 참,

다정한 그림자놀이

죽음은 아직 발명되지 않았어요 우유부단한 사람들이 때때로 죽은 척 눈만 감을 뿐이죠 아침의 햇빛을 수의처럼 두르고 룰루랄라 무덤 속을 빠져나오죠 하늘과 땅 사이를 콩닥콩닥 굴러 넘는 붉은 꼬리 여우처럼 태양은 자신의 심장마저도 믿지 않아요 죽음은 먼 옛날 삼엽충이나 맘모스보다 먼저 우주를 다녀간 별의 종족이라고 누구나 믿었죠 문명은 늘 제 그림자에 가려 울기만 하는 갓난쟁이어서 무언가를 발명하기에는 슬픔이 턱없이 모자랐죠 와글와글 그릇 부딪는 소리와 젖은 책장 넘어가는 소리 먼지로 쌓이는 무덤 속 죽은 줄도 모르고 희희낙락이에요 방부액에 담그지 않은 부장품처럼 문득 바스러지는 영혼을 처음엔 죽음이라 부를까 망설였어요 심장에서 스며 나와 발바닥에 매달린 서로서로의 죽음 위에 엔터 키를 치고 스페이스 바를 두드리면 무덤을 두른 희미한 그림자들이 심해어처럼 떠다녀요 죽음은 아직 발명되지도 않았는데 달그락거리는 뼛조각을 끌며 달이 떠오르네요, 귀신처럼

은행나무 아래 늙은 여자

몇 만 걸음을 걸어 몸 하나에 도달했을까 나무는 한 채의 다정한 집이다 사방이 벽이고 사방이 문인 낯선 신전이다

삼백 살은 되었을 법한 여자, 한세상을 기차놀이하듯 지나왔을까, 몇 개의 간이역과 몇 개의 강, 들판을 가로질러 몇몇 계절에는 눈이 내리고 꽃이 피기도 한 멀고 먼 이방의 가여운 마을이다

나무는 몇 줄 햇살처럼 애잔해지고 성큼성큼 몇 계절을 순식간에 지나 화르르 물든 은행잎의 방이란 방들 고요하고 눈부시다

하늘과 땅 사이 남루한 굴욕의 낮과 밤을 적막한 피륙의 꽃수처럼 무심히 짜 늘이며 심장의 박동을 꺼내 비춰 보는 거울같이

마른 연못의 물고기들이 시시각각 제 몸속으로 걸어 드는 것처럼 몸 밖의 기관들을 다시 안으로 불러들이는 금빛 나무 아래

>

풍경과 시간 사이 다시 맨발인 여자, 미물과 미물들 사이의 나무처럼 참 속절없는 경계인이다 어디를 가도 새로운 경계를 낳는

덫

하루 건너 한 번씩 온몸의 피를 꺼내 칙칙폭폭, 기차놀이 하는 우리 노파 요양병원에 맡겼네 말이 입원이지 자명한 유폐였네 갇힌 짐승처럼 주눅이 들고 쪼그라들어 희미하고 납작해진 얼굴이 낡은 액자나 금 간 화병의 오랜 이웃 같네 새파란 딸 셋의 시름을 더해도 낡은 달의 은화보다 가벼워, 삐걱거리는 침대와 실없이 웃는 간병인 하나의 슬하가 되었네 풋살구 같은 아들을 놓치고 빛나는 슬픔을 슬하에 들인 후 무엇을 슬하에 두거나 스스로 슬하가 되기는 이번이 처음, 난감한 그이는 맥락 없이 웃고 아무 시비도 근심도 없는 날은 무심이 무거워 잠이 오질 않네 덫에 걸린 너구리처럼 제 그림자 뱅뱅 도는 상한 짐승 한 마리 내 안에 있네

화양연화

날 선 볏잎들이 아버지의 노래를 들으며 부드러운 제 생각의 깊이를 이루는 동안 어린 나는 산그늘에 누운 바위 할멈에게 책을 읽어 주곤 했네 천연스런 그는 주름진 눈을 한 번도 깜박이지 않고 외로운 내 독서를 마른 호수에 드는 물길같이 잘도 받아 마시었는데 그 천연스러움이 부러워 킁킁 더운 김을 부리며 엉덩이를 문지르는 늙은 암소를 바위도 나도 서로 웃고만 있을 때 산그늘 크단 입 속에 골짜기 통째 잠겨 버리고 심술로 뒤뚱거리는 소를 따라 우쭐거리며 집으로 돌아오던 저녁들이 있었네 그 간절하고 나지막한 시간의 잎새들이 어스름 깃드는 저녁마다 별처럼 돋아나네 가뭄과 홍수와 햇빛과 바람 속에 그 무심하던 할멈 여전하신지 산그늘 당겼다 놓고 당겼다 놓으며 슬하에 곤줄박이 몇이라도 거두었는지 이슬의 행간을 빌려 편지를 쓰고 싶네 요새는 늙은 책이 나를 읽는 중이라고 쓸쓸한 소식 전하고 싶네

산실에서
—아들에게

나 한때 불후의 문장이었다 뜨겁고 단정한 겹문이었다 잠시, 강림하는 신의 통로였다 밀림으로 북소리 나르는 무지개였다 아득히 둥근 수평선을 업고 춤추는 원시 부족을 인도하던 그때 나는 가여운 메시아였다 아침과 저녁이 겨울 징검다리처럼 뒤뚱거렸고 지하 수천 미터를 흘러 내게와 닿는 북소리의 행진으로 발을 놓치고 손을 놓친 한 척의 돛배처럼 둥둥 떠다녔었다 죽은 할머니와 죽은 아버지들이 안개처럼 하얗게 질려 아가야 아가야 소리치며 쫓아오고 직립의 나무들 초록 날개를 펼쳐 흩어지는 별의 눈물을 받았다 진흙 세상 몸으로 뚫고 연꽃 피었다고 견디는 데까지는 견디어 보자고 때때로 바람이 이마를 쓸다 가고 너와 나 필사의 한 몸이었던 그 잠시 동안, 참으로 나는 불후의 문장이었다

희고 맑은 물소리의 뼈

시간의 젖은 발들을 불러 북두의 별이 뜬 제 심연을 보여주는 소리의 뼈들, 희고 맑다

천년 녹음 두른 묵묵한 관음의 화신, 말에도 뼈가 있고 바람에도 뼈가 있으니 무릇 생명의 으뜸은 뼈대라고 서둘러 일필휘지

어디서 굴러온지 모르는 개뼈다귀 같은 생, 가망 없는 은총 속에 스스로 내몰린 듯 남루를 거울 삼은 눈부신 저녁이다

소리에도 뼈가 있다는 말, 외로운 시인의 강짜라 여겼더니 부끄러워라 저 무량한 빛의 하염없는 하강을 쓸쓸히 베끼는 물소리 적막하다

팔만사천 꽃잎의 이마들이 동동동 희고 맑은, 새들도 쉬어 넘는다는 새재에 와서 제 몸속에 차곡차곡 뼈를 쌓는 어리디어린 물소리를 본다

제2부

반달

내가 열두 살이었을 때 동생이 딴 세상으로 갔다 여덟 살이었다 사람들은 뇌막염이 원인이라고 했다 그러나 나는 믿지 않았다 처음엔 연극의 1막이 끝났을 때처럼 잠시 그림을 바꾸는 막이 하나 내려진 거라 이해하려고 몇 계절을 골똘히 생각했지만 그건 부질없는 기우였다 강철이나 유리도 아닌 있거나 없거나한 얄팍한 이념 하나가 제 거처를 끝장낸다는 게 아무래도 믿기지 않았다 마악 깨치기 시작한 숫자와 언어의 눈부신 규칙들이 극단의 유독함으로 말랑말랑한 연두의 무릎을 우레처럼 떠다 밀치고 곤두박질치게 하였을 거라고, 폭풍우 속의 달팽이처럼 그는 아마 심장이 터져 죽었을 거라고, 풋내 나는 적막으로 구토하던 달의 심장이 그때 반쪽으로 딱 갈라진 것이라고,

미생未生

사월이었다 태양은 에레보스의 작은 풀밭이었다 때때로 나른한 풍우를 저어 쌓아 올린 제단마다 허방이었다 백발의 북두성과 붉은 입술 풍뎅이마저 소매를 당겨 얼굴을 가리던 어느 아침이었다 불각 중 인간 체험을 하는 영적 존재처럼 모든 말(言)은 사막의 모래알이던 전생으로 내달리고 만만파파滿滿派派 의 적막들이 숟가락을 빼앗긴 저녁의 꽃처럼 물방울의 팔에 매달려 엄마, 엄마, 가슴을 치고 시간의 녹슨 튀밥 냄비 불멸의 옥수수 한 알 삼키지 않았다 천진한 바다엔 출렁거리는 푸른 심장과 심장들의 타오르는 밤이 오고 삶이란 무지막지 낡은 한 잎의 벽화였다 화엄장엄의 사월, 지상의 계단마다 지하의 벼랑마다 고요히 등촉이 켜지는 축복의 계절, 누가 병 속의 물을 쏟았을까 누가 그림 속의 배를 밀었을까 누가 없는 탑에 불을 놓았을까 누가, 누가, 쉴 새 없이 중얼거리는 사이 낳지도 않은 아이 삼 년을 찾아 헤매는 석장승처럼 빈 수레만 돌고 도는 사이 해 지는 물가에 앉아 거북아 거북아 노래하는 사이 …… 벽해상전의 수만 년 후쯤 옛날 옛날로 시작하는 꽃다운 동화 속에 감자를 캐고 콩을 심었으나 키가 자라지 않는 난쟁이처럼 여전히 낭자한 사월이었다

바벨도서관*

육각형의 작은 방이 무한으로 연결된 한 권의 책이 있다 그것이 언제부터 우리 사이에 놓여 잇닿은 벽면마다 산과 호수와 언덕들 겹겹이 포개어 날마다 반짝이고 반짝이고 운석을 나르는 붉은 노을이었던 우리 각각 한 권의 책은 아니어서 오래된 책의 마주 보는 페이지였을 것이다 신탁의 두 기둥처럼 상승과 하강을 반복하며 흘러가고 흘러오는 무한의 계단이었을 것이다 우주를 잉태한 첫 어머니가 은유였다는 사실은 처음부터 가볍지 않았다 육각이란 원래 혼돈의 한 원형이라고 어디선가 들은 적이 있다 눈먼 벽을 더듬어 왼쪽으로 돌면 벼랑으로 이어진 난간이 나오고 오른쪽으로 돌면 허공으로 열린 무위의 회랑을 만나게 된다 모든 계단은 불안을 반복하는 포물선 기법으로 어느 방향에서 오르거나 내리든 누구도 예외 없이 제자리만 빙글빙글 맴돌게 한다 순환하는 시간의 그림자에 갇힌 또 하나의 얼굴을 마주 보게 한다 일생이 순간인 흩날리는 눈송이처럼 가파른 스무고개다 자음과 모음의 풍화는 벼랑의 고요를 지우고 유폐된 역사의 소문들만 불가피한 세계를 쓸쓸히 자전하고 있다 어둠 속에 알을 낳는 거미처럼 파랗게 날 선 유형의 시간들이다 아침마다 신성을 회복하는 태양의 우물처럼 입구와 출구 끝없이 모호한 한 잎의 생,

* 보르헤스에게 빌리다.

모란의 포구浦口

배가 왔다 자줏빛 만선이다 적막한 포구는 풍랑의 기억들로 반짝이며 소란하다

오월의 태양은 열두 살 소년, 가랑가랑한 소나기의 빛발 위에 긴긴 편지를 쓰고

연둣빛 지느러미를 두른 낡은 인어들이 구름 사이 달빛처럼 쏟아져 나오고

한 척 배는 꿈꾸는 섬이다 날개 달린 천사들이 죽은 가지 위에 등을 걸고 폐가처럼 아름다운 유곽을 연다

눈물을 데리고 온 세상의 별빛들이 휘파람 불며 묵을 방, 자줏빛 주렴 희망처럼 드리운 목선 위의 유곽 한 채

마음의 하얀 발 출렁이는 난간을 밟아 줄을 매는 사이 툭, 꽃잎처럼 배가 진다 고요한 난파선 하나 노을처럼 허공을 켠다

낭자한 방울방울의 세계들이 새처럼 울며, 등천하는 한

그루 모란의 운명을 새기는

봄의 포구,

만약에

칼을 삼키는 것이 직업인 남자가 있고 그가 만약 투명 인간이라면 어떨까요 시퍼런 칼날들이 쓰다듬고 지나가는 붉은 몸속이 무슨 속임수 같지는 않을까요 마음의 수만 그늘보다 더 두려운 것이 무엇일까요 여행권을 샀는데 그게 자신의 미래인 운석에 다녀오는 거라면 어떤 기분일까요 마지못해 시인이 되었거나 마지못해 농사꾼이 된 한 무리의 빈객들에게 녹슨 칼처럼 떨어지는 꽃잎들을 후루룩 삼켜 보게 하면 어떨까요 살로메나 유디트처럼 꽃이 꼭 꽃인 것만은 아니었듯이 마지못해 어떤 소식을 알려야 하는 거라면 외상장부처럼 빨간 원고지의 빈칸들을 바람의 쟁기와 이슬의 보습 앞에 참, 파미르의 젖이 흐르는 샘 어떻게 되었을까요 세상은 거기서 시작된 천 개의 강물과 천 개의 마을 외에 또 다른 무엇이었을까요 범인이 남긴 단서를 근거로 용의선상의 인물들 하나하나 알리바이를 추적하고 동기를 추정하고 지난 시간과 오지 않는 시간 사이를 녹슨 자벌레처럼 묵묵히 자질해 가면 언젠가는 잃어버린 나를 찾게 될까요

새삼,

다이얼로그와 모놀로그 사이 연기처럼 흩어지는 자음과 모음의 다정함들 파파라치처럼 집요하다

누구를 기다리니 넌, 누구를 기다리니 녹슨 항아리의 빛 나는 질문처럼 빗줄기들이 창문을 난타했다

누굴 기다렸을까 나는, 누구를 기다렸을까 정말, 전력全力으로 비를 맞는 나무처럼 고요한 물방울의 세계를 믿으며 어디로 가는 중이었을까 나는

허무의 푸른 허리를 휘감으며 소문으로만 떠도는 생에 대해 날개 없는 날개들의 청명한 비상에 대해 새삼스런 은유처럼 연蓮이 피고

안개 속에 태어나는 익명의 말들이 우우우 깃을 치며 발신인도 없는 서늘한 편지들이 치잣빛 순정한 미투리들이

누굴 기다렸을까 나는, 발 없는 발로 길 밖의 길을 적시며 너에게로 가는 중이었을까 나는 새삼, 새삼처럼

단상短想

참깨 걷어 낸 그루터기 곁에 초록 나비 떼 배추 모를 내고 무씨를 넣었다 다람쥐 쳇바퀴 돌듯 팽팽히 밤이 스치고

우주의 처마 끝을 한 바퀴 돌아 온 가여운 자음과 모음들의 낡은 페이지 위에 때늦은 신부처럼 안개는 스미고

한 슬픔은 다른 슬픔 위에 다정한 얼굴을 묻고 연두야 연두야 꽃 핀 벚나무의 황홀한 독백처럼 푸르고 무성해지고

불의 솥 끓어 넘치는 은하처럼 가파른 잠자리의 날개들과 낱낱의 허공이 파르르 한 톨 적막으로 흔들리고

숲을 건너는 빗방울 소리 진흙 바퀴의 빛나는 수레를 끌고 쓸쓸히 희망의 악극을 펼쳐 보이는 여름 나무들 검은 해와 흰 달 깜박깜박 지나가고

반 조각 사금파리 같은 심장에 매달려 나의 몇 계절이 까닭 없이 울며 노래하는 동안 이 세상에 와서 내가 얻은 건 사랑과 늙음*

* 유하, 「레만호에서 울다」에서 빌림.

만 년 후

만 년 전에도 우리는 손을 잡고 이 바닷가를 걸었을 것이다 쓸쓸히 나부끼는 오후의 태양이 거울 속의 환상열차처럼 몇 개의 수평선을 재빠르게 포획하고 만 년 전에 우리는 손을 잡고 이 바닷가를 걸었을 것이다 쓸쓸히 나부끼는 오후의 태양이 가난한 단막극의 적막을 꽃잎처럼 노래했을 것이다 시퍼런 고드름이 매달리기도 하고 앵두나무 살구나무 꽃이 피기도 한 낡은 옷자락에는 새벽안개처럼 극진한 슬픔이 이끼처럼 자랐을 것이다 천하루 동안을 쉬지 않고 울었을 것이다 만 년 후에 우리는 다시 손을 잡고 마치 처음 이 바닷가에 당도한 것처럼 두리번거리는 파도 소리들 낯선 조개들의 연한 발바닥들 오로지 늙는 일에만 마음을 기울인 인큐베이터처럼 무심히 지나가는 기차들 앞에 말랑말랑한 그늘을 펼쳐 보일 것이다 다시 만 년 후 우리는 등이 푸른 거북처럼 끔벅거리며 물가를 빙빙 돌고 날개를 저어 물을 튀기며 해바라기의 청명한 미로, 그 은빛 비단으로 늦은 저녁을 차릴 것이다

어떤 미로

사월은, 탁발한 벼랑을 지고 몇 천 리를 걸었을까요
고단한 노숙으로 그의 등은 청동 방패처럼 단단히
여물었을까요

촘촘히 음각된 금문의 비밀을 품고
자객처럼 낯선 문 앞을 서성거리던 누구였을까요

석류처럼 깊어 가는 겹겹의 방들과
돌고 도는 푸른 계단들
이번 생은 꽃게처럼 가볍게, 꿈꾸는 무희일까요

출렁이는 미로의 중심으로 몇 닢의
별에 기댄 긴 팔의 사다리와
춤추는 그림자의 붉은 나무들 노래하는
어둠의 비밀한 들판들

부질없이 우울한 가시덤불들
뒤뚱거리는 물결의 어린 날개들 끝없이 바스러지는
얇은 지문들
부글부글 태어나는 무한집합의 기호들

>

낱낱의 우주인 공기 방울의 주름들
겹쳐지고 지워진 손금으로 만든 불사의 영혼들
물이 된 빛의 슬픔들
타는 눈발 쏟아지는 여름은 다시 올까요

하염없는 오류의 서사들만 쟁쟁쟁 울리는 심장을 꺼내
다시, 사월은 깃발처럼 펄럭일까요

돌연

분홍 참새들 속 기름 자르르한 햇살이 탄탄한 척추와 유연한 둔부를 지나 꼬리께로 미끄러지는 소를 만났다

게으른 가장이 가솔을 팽개치고 휘적휘적 운해의 쇠가죽 다듬어 엮은 허방의 거미줄 나른한 오후들

도화 낭자한 햇발을 깨물다가 때때로 눈발 몰아치는 상심한 저녁을 맞다가

어쩌다가 나는 인간이란 돌연을 만나 우두커니 잠들고 실성한 듯 서성이는지

무기와 무구 오십보백보 접시와 접신 거기서 거기라고 우물우물 실없이 뒤돌아보던 그를 생각한다

참으로 어쩌다가 고삐도 아닌 것에 몸이 묶여 흩었다 모으는 무구처럼 제 슬픔의 옆얼굴도 본 적이 없이

그림 위에 올려놓고 그림을 그리는 얇은 습자지같이 막막한 어둠을 심장에 묻은

뚱뚱한 돼지감자같이

추억이란 시간의 똥을 꺼내어 오물오물 되새김질한다 딴 세상에서 온 풍경들처럼 서로 먼 데를 바라본다

적막의 배후

어떤 바닷새는 한순간에 바다 전체를 삼킬 수도 있다고 한다

세상의 모든 포도를 한 통 속에 가두는 포도라는 낱말처럼

한 모서리 베어 물 수도 없는 날카롭고 위험한 환상처럼 정상에 닿는 순간 환멸이 되는 바윗돌처럼 하염없이 구르는 물방울들 바닥없는 슬픔으로 살찐 바닷새들 절망 밖의 절망으로 깍듯한 수평선들 찬연히 주저앉은 바다의 흙빛 지붕들 느닷없는 소인이 찍힌 다정한 구름들 몇억 광년을 날아 지상에 당도한 별들 눈물의 등을 밝힌 반딧불이들 부조리한 세계의 작고 작은 저녁들 부질없이 희양犧羊의 예를 드리는 물결들 물결들의 허무에 맞선 은빛 날개들

분분한 낙화처럼 시간의 갈잎들 쏟아져 내리고 달빛 희미한 손을 잡은 어둠 속의 나무, 등이 푸른 바다

단정히 튕겨 놓은 먹줄처럼 모든 절정의 바닥엔 깊고 푸른 주름이 있다

간림諫林

예닐곱 적막한 연두의 슬하에 개미가 와서 자주 놀았다 호박꽃 도라지꽃 맴맴 술래가 되어 꽃잎 위에 달을 새기며 놀았다 천 개의 달을 가둔 여름밤 무논처럼 분별없이 헤매느라 황황한 계절들 순서 없이 지나가고 부르튼 지폐와 녹슨 동전을 세며 흐릿한 아궁이 나뭇가지를 쌓는 저녁 발아래 머리 검은 옛 벗들 오글오글 몰려왔다 잔잔한 근육들 아슬히 푸른 낭하의 눈빛들이 끝없이 회사한 말없음표 같았다 무성한 건물 더미와 아득한 구름의 샛길들 사이 어느 별의 가장자리를 맴돌아 예까지 왔을까 토닥토닥 서로를 보듬는 불길 앞에 우리는 만 년 만에 만난 연인처럼 말이 없고 마른 나뭇잎 우루루 마당을 가로질러 야윈 풍뎅이 날개처럼 반짝이다 가는 야트막한 저녁이었다

악어

비 그치고 금장대에 올랐다 누각의 흐린 난간이 무심한 물빛을 비추며 허공에 떠 있었다 바위그림 속으로 구름은 단풍잎처럼 스미고 새들의 머리 위로 안개는 유물처럼 고요하고

강은 갈대숲 언저리를 아까운 듯 오래오래 어루만졌다 그때, 물결의 방향을 거슬러 부드럽게 헤엄쳐 나가는 그를 만났다 초록 갈기를 촘촘히 세운 한 마리의 악어

팽팽한 행성들 뒤집힌 황망한 중에 아프리카 정글의 어떤 늪이 순간적으로 탈주한 것이라고 바람처럼 수군거리는 나무들 틈에서 그 몇만 년 만의 악어를 나는 만났던 것인데

허공의 허리는 물빛으로 사위고 층층의 암벽을 스치며 흰 새들이 날아오를 때 버들잎처럼 유유한 꼬리를 끌며 물살 한번 튀기지 않고 서서히 서서히 진격해 가는 그 고요의 어린 병정을,

침착하고 천진스러운 물의 척추를 끄는 오랜 파충류가 틀림없다고 누구나 믿었고 둥글고 연한 갈기들이 물결 따

라 나부낄 때마다 몇몇은 박수를 쳤고 몇몇은 눈시울이 붉어지기도 했다

꼬리에 꼬리를 문 머나먼 도강의 역사, 수면과 빛의 경계를 품은 갈대숲 검은 비탈이 몽유처럼 다가왔다 동동동 아기 오리들의 푸르른 습화習畵, 그 한 페이지의 눈부신 악어 앞에

산수유

마음으로 몸을 가린 설목雪木이다 흐르지 않는 과거를 시간이라 우기는 남루한 손가락 사이 노란 웃음이 새어 나온다 참빗처럼 고운 언니 아이 하나 낳고 자전하는 달의 수레 그 아이 데려가고 그럼에도 여전히 먹이고 씻기고 재우느라 영문 모르고 쫓겨난 언니, 죽은 아이 기르기는 선량한 세상의 풍속이었지만, 아이를 뺏긴 엄마는 나무를 뺏긴 풍뎅이처럼 밤낮없이 붕붕거렸고 검은 머리털 서리 맞은 풀처럼 희게 바래었다고, 소문은 불쑥불쑥 산을 넘고 잃은 아이도 없이 나는 실없이 붕붕거리다가 우연히 그를 만났다 마른 덤불 헝크러진 전생의 배경이나 촘촘히 자랑하려는 참에 반짝이는 얼굴로 보송한 아이 여전히 키우는 듯 몽롱한 눈빛으로 영어 공부를 하고 가는 중이라고 밥이나 같이 먹자고, 구름의 어깨 너머 아름다운 소실점을 업은 하얀 낮달들 연이어 떠오르고 노란 햇살이 소름처럼 번져 왔다

원추리 문안

곰삭은 젓갈 휘젓던 숟가락을 물고 창문을 열었다

휘리릭 새가 날고
재가승처럼 낭랑히 소재주消災呪를 외는
팽팽한 매미들

냄비와 물통과 비닐봉지들 난만한 부엌 바닥
은빛 피라미 떼의 녹음은 쏟아지고

한때, 우리는 무엇이었을까

앞치마 늘이고 머릿수건 묶은 납작한 그림 속의 페이지 위에 털빛 자르르한 구절양장, 맥락 없이 미끄러진 길을 따라 부조리한 시간의 잎새들 한 장 한 장 더듬어 넘기느라 쓸쓸히 자전自轉하는 우스꽝스럽고 소심한 생애를 지고 곤죽이 된 그림자 앞에

네가 왔다,

금빛 소반을 받쳐 들고
어느 전생이 내게 보낸 문안비問安婢처럼

물의 연인
—주산지 왕버들

반짝반짝 별이 도는 은성한 숲을 이고 물속으로 걸어 드는 사내가 있다 단호하고 쓸쓸한 기하학적 도상圖像이 희디흰 적막에 닿아 낡아 가는 운석 같다

들숨과 날숨 사이 아슬아슬, 더디고 가팔랐을 푸른 은유를 끌며 세상의 날 선 모서리들을 오래 떠돌았을 그,

손금을 펼쳐 전생의 종소리처럼 막막하게 흔들곤 하던 흐린 연두의 나는, 물방울 그윽한 한 잎의 나락이었던 나는, 더 이상 내가 아니었던 것처럼

눈물 속으로 걸어 드는 일이 물물物物의 근원인 어떤 이념의 나라에서는 그 불가피함이 크나큰 축복이거나 부질없는 희망이듯이

마음과 몸을 묵화墨畵 치듯 구부려 청명한 어둠 속으로 사라지는 사람이 있다 제 넋을 비벼 수수만생數數萬生 물의 심지가 되려는 것이다

나의 시간을 벗고 너의 몸을 이루는 경계에 닿은 듯 겹

겹의 생이 감감 절벽이었던 몸을 열어 찬란한 물길이 되려
는 참인가,

우듬지 쪽이 환하다

각시푸른저녁나방

달을 한 마리 열대어라 믿는 나라가 있었다 모래바람 흩뿌리는 별들을 걸어와 마른 뼛조각 흔드는 나무들이 자랐다

'푸른'이란 어느 적막의 다정한 허사虛辭였다 실패한 마술사의 생생한 수염이 빗방울에 매달려 동그란 시간의 발을 생각했다 고삐에 매인 염소처럼 밤은 자꾸만 되돌아왔다

그게 무슨 역이었는지 모르겠다 끝없이 갈라지는 길 위로 하염없이 물을 긷는 소녀가 있었다 찬물 한 모금, 그것이 아버지의 마지막 소원이었다

각시푸른저녁나방이 날개를 접고 제 가슴 안쪽의 어둠을 들여다보고 있다

푸나무 한 짐의 아버지처럼, 슬하의 가난을 끌고 주춤주춤 기척도 없이 안개는 차고 상한 모서리마다 수런수런 날개가 돋았다

한때 나는 추운 나라의 나방이었다 때때로, 한기寒氣처럼 쏟아지는 저녁이 있다

누가 내 이야기를 들어 줄까

시간의 노파가 추수하는 사랑이든 배신이든 모기 눈알 요리는 피부 미용에 그만이라는데 박쥐들에게 부역을 시키면 금상첨화라는데 제비 집을 구워 먹어도 비슷한 효과가 있다는데 원숭이 꼬리 수육도 가능하다는데 대관절 꼬리를 얼마쯤 자르면 한 끼의 요기가 되나 얘, 꼬리랑 바나나랑 바꿀래, 달래야 하나 뺏어야 하나 그게 아니라 하룻밤을 위한 만리성인가 만리성을 위한 하룻밤인가 나라의 운명을 흔들 만큼 아름다운 건 분명 축복일 텐데 칼을 들고 원형경기장에 뛰어들 수도 있으려나 나라의 신전을 소홀히 할 만큼 아름다웠던 프시케는 어느 나라의 공주였다는데 원래는 나비, 아니 영혼이었다던가 그것보다 나는 악극을 보러 갔는데 그림 속에서 폭포가 쏟아지고 바위들은 구르고 무대는 순식간에 바다가 되고 바다 위로 새들은 하염없이 날고 흰 꼬리 원숭이처럼 길을 잃은 시간들이 사방으로 헤매는 공중그네 위에는 십일면관음보살이 젖은 부채를 흔들며 춤을 추었는데 결국 교활한 시간의 노파는 제 아름다움 외에 아무것도 완성하지 않는다는데,

곰곰

아주 아주 오래전 깡마른 우물 바닥에 한 잎 의자를 펴고 생의 은유를 다듬는 한 노파가 살았다 해가 뜨는 쪽으로 혹은 해가 지는 쪽으로 둥근 엉덩이를 조금씩 밀며 투명한 낮빛을 꺼내어 잠 깬 여름 나무처럼 호로록호로록 웃기도 하는 가끔, 초록 이마를 가진 소녀의 기억 때문이었는지 흐린 수국 송이 위의 빗방울들이 이방의 등불처럼 쓸쓸하고 향기로웠다 실낱 같은 지느러미를 쳐서 물의 쇠북이 울고 심장의 소금을 꺼내 꽃씨처럼 흩뿌리는 수만 별들의 은하銀河에서 물이 낳은 난알을 먹고 물이 키운 짐승이 되어 이 마을 저 마을 실없이 떠도는 동안 아무래도 내가 너무 멀리 온 거 같아 곰곰 생각 속을 더듬어 봐도 나뭇잎 의자 위의 눈 맑은 노파와 찰랑한 연둣빛 페이지들 다시 떠오르지 않는다 아주 오래전이었으니까 비둘기들이 붉은 군화를 신은 채 쟁기를 끌고 무논을 써레질하던 멀고 가파른 꿈속이었으니까

상상임신

아무래도 누가 내 몸을 다녀간 모양이다 읽다 만 페이지처럼 몸의 한 귀퉁이를 단단히 접어 눌러 둔 듯이 물을 먹어도 쉬이 내려가지 않는다 움푹 파인 숟가락의 웅덩이만 보면 헛구역질이 나고 가끔씩 머리 위의 하늘이 빙글빙글 돌기도 한다 달을 보고도 신트림이 나는 어느 저녁이었다 누가 꽃잎을 세다 갔는지 붉은 그림자가 서쪽 하늘에 걸려 있었다 치마폭을 펼치고 봄의 나무처럼 마당가에 서 있었다 입을 열어 생각나는 이름을 부르려 했지만 한때 간신히 존재했다 사라지는 것들처럼 겹겹의 어스름에 파묻히고 말았다 아무래도 나는 꿈을 꾸는 중이었다 내게 없는 너와 네게 없는 나를 누가 세상 밖에서 기르는 모양이었다 푸른 자음과 붉은 모음의 손가락들이 머나먼 부족의 연대 같았다 깃발을 꽂고 바리케이드를 쳐도 처음부터 이교도였다 시詩는,

노비의 날

동국세시기를 읽다가 문득 노비의 날, 무더기 무더기의 송편들 앞에 적막히 섰다 때때로 내 생각의 오두막과 머나먼 속량을 견주어 보는 나는 내 슬픔의 노비였다 하루쯤 투명한 송편이나 헤아려 먹으며 담장 위의 고양이처럼 게으르고 싶었다 죽창같이 단단한 소낙비 끝을 실눈 뜨고 바라보는 채송화 송이 곁에 나른한 금침을 펴는 달빛 같은 마음으로 마음아, 나의 마음아, 물 위를 걷는 몽유의 노복이여, 거울 속의 거울이듯 끝없이 태어나는 우울의 늙은 사생아여, 한 치 에누리 없는 슬픔의 노비였네 나는, 그윽한 세상을 향한 누추한 골목처럼 저녁 안개 속에 엎드려 심연을 굴러먹은 얄팍한 요귀처럼 한 척의 폐선을 밀며 두근두근 떠오르는 오래된 꿈이었네

제3부

보르헤스처럼 말해 볼까

백과사전과 거울 사이에서 나는 태어났다 처음엔 돌멩이처럼 작고 검은 낱말 하나였다고 한다 가난한 풀벌레였던 아비와 어미는 손바닥만 한 거울 속에 나를 가두고는 별 보고 나가 별을 보며 돌아왔다 그림자를 헤는 익명의 교주처럼 나는 홀로 즉흥적인 율법을 만들기도 했지만 부조리한 시간과 갈라진 문지방 사이에서 사막의 모래바람과 그믐의 달빛을 뒤섞어 또 다른 백과사전을 만들어 내고 그것을 숲 속의 연못가에 펼쳐 두었다 느닷없이 많은 의미들로 이루어진 낱말과 낱말들이 서로의 경계를 허물고 쑥쑥 자라났다 귀가 길고 턱이 뭉툭하거나 뾰족한 이마와 기다란 손을 가진 여러 종의 낯선 짐승들이 중얼거리며 태어났다 초록빛 심장을 출렁이며 어둠을 안고 흐르는 그림 속의 우주는 한 번도 존재한 적 없는 미로의 세계였다 거울을 비추는 거울 속의 거울이었고 만 년 전의 우물을 품은 캄캄한 지하 도시였다 말하자면 그것은 불가피한 시간의 해저海底들이었다

"당근 한 조각 천 원"

소수서원 앞
삐뚜름한 글자들 옆에
나귀 한 마리 묶여 있었다

연자방아를 끌다가
잠시 쉴 짬을 얻어
물이라도 마시려던 것일까

어룽한 눈가로
우루루 달려든 날것들
시나브로 날아오르는

햇빛의 벼랑, 거기
몇 생이 아득했다
언제부터 묶여 있었던지

문득, 나귀 치는
유목의 아낙이 되어
흐릿한 얼굴을 들여다보았다

>

그 눈동자
이상한 극장 같았다
사람에 따라
각각 다른 영화를 보여 주는

생각하는 법을
잊어버린 무생물처럼
끝없는 판토마임

예순 해를 굴러도
순해지지 않은 눈과 귀
부르튼 맨발

매트릭스, 매트릭스

눈 속의 겨울나무들이 각각 다른 꿈을 꾸며 서 있는 것처럼 우리는 모두 다른 세계의 행성들인가요? 초록빛 아가미의 달을 제 몫의 울음인 양 삼키고 삼키고 또 삼켜야 했던 먼먼 유목의 날들은 처음부터 거기에 있었을까요? 내가 어디서 왔고 그대가 어디에 있건 서로의 남루를 돌아 깜박깜박 사라지는 순간들을 위해 무슨 노래를 불러야 하나요? 비단길의 끝, 그랜드 바자르에서 황금과 황금의 낙타 떼를 만나고 두 손과 발을 놓쳐 버린 기억들은 어디서 데려온 꿈속인가요? 정오와 정오 사이 캄캄하고 우울한 장미들과 나무와 나무 사이 푸르고 가파른 절벽들은 밀물과 썰물의 그림자 중 누구였을까요? 나와 그대 사이, 나들과 그대들 사이 하염없는 세계와 세계들의 일장춘몽들은 잠시 펄럭이는 낡은 깃발이었나요? 말랑말랑 눈물겨운 전생이거나 아슬아슬 옛이야기 속의 내생이거나 후루룩후루룩 매끄러운 국숫발 감기는 저녁들의? 어쩌자고 이 산산조각의 물음표들은 다디단 공전과 자전을 거듭하는 걸까요? 심장의 불꽃처럼 작은 우주, 이 적막들은 대체 누구일까요?

지푸라기 인형처럼

아마도 그는 납작하게 삭은 활자의 아들이었거나 성실 근면한 먼지의 형제였을 것이다 법률이 정한 인간의 권리마저 미치지 않는 죽은 책들의 무덤 거미줄 흔들리는 소리 겹겹이 쌓이는 지하의 적막을 유령처럼 지키는 그, 해와 달과 별의 작고 가벼운 신전을 허물고 새로운 이단의 종파 하나 세우려는 심산인지 아니면 죽은 말들의 다소곳한 사막이라도 한 척 모으려는시 갈수록 궁리만 차곡차곡 깊어 가는 그, 부장품 같은 책 한 권을 팔아 쌀 한 줌 사고 김치 한 쪽 사고 새로운 종단을 이끌 메시지의 천 년 묵은 이끼처럼 묵묵히 앉아 먼지의 키를 재기도 하고 상한 자음과 모음의 그림자를 분류하기도 하는 그, 지하 도시의 공기구멍처럼 혹은 부드러운 칼을 숨긴 책들의 오류처럼 씩씩하고 당당한 곰팡내 나는 기억의 부스러기들 곁에 제사가 끝나고 버려진 지푸라기 인형처럼 적막한 김 선생, 캄캄한 책방

달의 알리바이

환幻이라는 거대한 소금 호수 하나를 지나는 중이었어 퍼내어도 퍼내어도 사라지지 않는 반짝이는 뼈들의 혐의를 따라가면 기억의 뒤편으로 사라지는 희고 묽은 반죽 덩어리 같은 풍경의 바닥이 보여

흰 넋을 저어 타오르는 밤의 손바닥에 푸나무 가지를 던지는 아버지, 보랏빛 지느러미의 저녁이 뜨거운 스프처럼 출렁이는 시간이었어 간단히 지울 수 없는 얼룩처럼 지붕 위에 박꽃들은 피어나고,

옛날 옛적 최초의 한 인간이 제 몸을 조각조각 잘라 제단을 쌓을 때 각각의 부위에 알맞은 계급들이 생겨났다고 하지 아마도 아버지는 그 원인原人의 발에서 태어난 첫 번째 부족이었을 거야

옮겨 심은 식물처럼 몸속의 뼈와 몸 밖의 뼈 처음부터 하나였을 거야 팽팽히 기우는 별자리로부터 불가피한 우연의 결과였을 거야 중력을 견디는 소금의 시간들이 다만 부스럭대는 나날이었어

>

자기 생을 불사의 문턱까지 끌어올린 시지포스, 생이란 끝내 영롱한 배신이라며 눈먼 새들이 안개를 물고 두근두근 사방으로 날아올랐어 심장도 뭐도 다 흩어 버린 깡마른 불안의 척추 같은 거

시나브로 가벼워지는 영혼을 지고 팽팽한 눈발의 나이테를 쌓던, 아버지보다 더 아버지 같던 그 아버지의 흔적이 달빛 아래 새끼를 업은 귀신고래 같았어 전갈의 언어처럼 유독한 생각의 벽화들

한 벌의 뼈가 허물이듯 걸리곤 했지, 일생 동안 아버지를 떠받친 연둣빛 매트릭스 혹은 다정한 과오들의 오래된 지도 같았어 겹겹의 길들을 촘촘히 쟁인 순한 책처럼 하얗게 날 선 절벽들이었어

푸른 필담

운조루에 다녀왔습니다

희귀한 책의 서문이거나 회신을 기다리는 편지처럼 눈이 부신 목비木碑, 벽사의 그림문자를 새긴 붉은 필담이 생각나기도 했지만 아무튼 그날 나는 어떤 식물성의 영혼에 간신히 당도하였습니다

푸른 가락지 모양의 연당 하나가 조로록조로록 햅쌀 쏟아지는 소리를 물고 천하의 와불처럼 누웠더군요 처마에 매달린 풍경 너머로 새들이 깔깔거리는 이백 년 삼백 년 전 안동 사람 유 아무개의 더운 피 흐르는 손바닥의 허공이 그윽한 별의 밀서들로 총총 하염없었습니다

갈수록 가파른 인간의 말이란 다 알기도 어렵거니와 제대로 골라 쓰기도 참으로 막막한 일임을 뼈아프게 반성하며 부르튼 바윗등에 심장을 매단 해묵은 선인장의 적막이라는 반가사유를 무릎 꿇어 친견하였지요

누각은 반쯤 구름에 기대어 동그란 연잎이나 헤아려 보고 나는 마음을 꺼내 머나먼 햇살에 펴 바삭바삭 말리고 싶

어졌습니다 낙안樂安을 생각하느라 자꾸 낙안落顔이 되고 말던 오래된 읍성을 지나 온 탓이었는지

원래는 깍아지른 낙안落雁이었는지도 모르는 일이라고 흐린 비문碑文을 구시렁댄 탓이었는지 무심한 뒤주 속이 점점 더 감감하였습니다

타인능해, 타인능해 그 무량속을 휘저어 사람아, 사람아 불러 보고 싶었습니다

애기 무당

아마도 꿈결에 이름 모를 어느 신을 만나고 왔나 보다

아득하고 가지런한 심장의 무늬들과 파도 소리 나투는 생생한 풍경들 비단을 짜는 벌레처럼 은빛으로 누운 강물의 등 뒤로 누군가 건져 올리는 오색의 돌들 도둑비 여우비 다녀간 날의 조용히 녹슬어 가는 기차 잠깐 숨이 멎는 허공의 심지 굶주린 늑대처럼 수다스러운 시간의 목덜미를 향해 달려드는 마음의 저녁들 늙은 암소처럼 힘이 빠진 노파 남몰래 버리고 온 강가의 요양병원 삐걱이는 창문 사이로 날아오르는 새들

푸르디푸른 무구를 던져 마침내 얻어 낸 몇 잎의 방편, 묵묵히 펼쳐드는 단풍나무 한 그루

곡우 무렵

전생의 시간들 아마도 분홍이었다

묵묵히 나를 업고 어르고 또 달래며 지난 생의 엄마처럼 아가야 아가야 황황한 햇빛 속을 서성이던 낙타, 그

부르튼 발 아래 가만히 떨구던 한 방울의 눈물도 분홍 분홍이었다

심장에서 심장으로 쓸쓸히 자전하는 별의 은하와 아득히 먼 추운 나라의 음악처럼 말랑말랑한 네 맨발도 그랬다

처음 여덟 개의 음에서 시작되었다는 이 세계와 곡진한 연두의 세포들은 분화하고 연대하여 다시 꽃으로 오는 것인지

아득히 낡은 우주의 핏줄이 매미 울듯 팽팽해지는 신화 속의 시간이다 강가를 헤메는 오르페우스처럼 더듬더듬 그림자 따라 도는 저녁들

어둠 속의 마을도 잠시 분홍이 되는 적막과 적막 사이의 어슬 무렵, 벚나무 저 환한 광대들의 춤

이스케이프 룸

해독 불가능한 그림의 어떤 부분이다, 생은

시간은 자주 미래의 문자처럼 생경해지고
초대한 이도 초대받은 이도 없는 무슨 여백이다

어제는 태어난 적 없는 이의 생일이었는지

숲의 나무들이 생크림 위의 촛불처럼 화르르 타오르다가
낮고 게으르게 중얼거리는 소리가 들렸다

달밤,

사람들이 각각의 마스크를 나누어 쓰고
다리를 건너고 횡단보도를 건너 슈퍼를 지나고 시장을 지나
갈라진 벽 틈으로 뱀처럼 스며들고

거울도 없고 빵도 없고 자전거도 없는
촘촘하고 단정하게 잘 차려진 잔칫상 앞 볼수록 허기가 지는
이야기 속의 연대기처럼

>

낡은 책 속의 보물섬처럼 말랑말랑한 이미지들
양피지 위의 흐릿한 화살표들 침과 땀과 눈물로 얼룩덜룩한
페이지와 페이지 사이

아무도 초대한 적 없고 초대받은 적 없는 물과 불과 얼음의 처소

아득한 몽유처럼 태어나고 태어나는 누추한 숲의 소문에 싸여

이스케이프 룸, 누구나 목숨을 걸어야 한다

이만 촌이라든가

벚나무 아래에서는 슬픔을 꽃이라 불러도 좋아

타닥타닥 타오르는 어둠의 심지와 말랑한 눈발들의 분분한 적막들
그 낱낱의 이름을 슬픔이라고 해 봐

그렇게 생각해 봐

금방 태어난 아가처럼 가만히 눈을 감은 물방울의 시간들이
가지마다 오종종한 저 머나먼 나무들의

수천수만 꾸러미의 물색없이 뒤엉킨 실타래들을
투명한 물레로 가만히 자아 들이는 손가락 손가락들, 그

푸르고 흰 휘파람 소리

존재의 절반이 자주 그늘인 건 어쩌면 나무들 탓이지
이만 촌이라든가 그 너머라든가 하는 생경한 이념의 거리보다

>

아득히 먼 시간 속
나의 할머니가 나무였다니

안개와 바람과 얼음의 동굴 너머 유유히 빛나는 아침마다
초록빛 둥근 신전이었다니

어린나무 한 가지처럼 허공에 기대어
심장에서 심장으로 다정히 타오르는 슬픔, 한번 꿈꾸어 봐

이슬이 비치다

왼쪽 엄지손톱 가장자리에 핏물이 고였다
잠이 깊은 사이 누가 조금 운 것 같다

새벽 3시
누가 부르는 듯 잠에서 깨어나 손가락을 들여다본다
조금 붉어진 거스러미가 가슬거렸다
'날 부른 게 너였어'

낙엽이 수북한 숲을 서성이던 일과 사람들 사이에서 웃고 떠들던 일이
오히려 아득하고 먼 꿈속의 일 같다
1밀리의 발길질에 잠자다 일어나 고해성사를 한다

예순 넘게 나를 이끌고 다닌 뾰족한 맨발 앞에 무릎을 꿇고

발을 멈추게 하고
눈을 멈추게 하고
숨을 멈추게 하던

작고 가슬가슬한 그 시간의 옹이들이 사방으로 흩어지는

내 얼굴을

단단하게 품고 여며 예까지 왔다고 꾹꾹 눌러쓴다

몽유 중에 잠시 뒤를 돌아보듯 나는 문득 내가 되어 이순의 페이지 한쪽을

가만히 접는다

새벽 세 시 누가 부르는 듯 잠에서 깨어나

가여운 신처럼 머나먼 숨과의 적막한 대면

어둠과 적막의 무릎 아래 나는 다시 내가 된다

분홍 무릎

육십 몇 년 만에 아니 삼십육억 년 만에 드디어 나는 한 적소謫所에 당도했네

한때는 달의 모서리에 찍힌 손톱자국이었고 가시나무 가지를 맴도는 묽은 새소리였고 이리저리 굴러다니는 남루한 조각 햇살이었고 깊디깊은 우울을 품은 바람의 멍든 발자국이기도 했지만

사각거리는 고요의 손바닥 위 나비처럼 가벼운 무릎과 무릎들의 시간 그 앞에 나는 말랑말랑 즐거운 나무 한 그루였다 시시비비의 무늬가 마알간 수틀 속처럼 눈부시게 찰랑거리는 뜨거운 오후였다

어떤 시간의 마디에는 굴렁쇠처럼 구르는 은빛 시작이 있다고 했던가

손톱이 까만 이방의 소년도 기우뚱 분홍 무릎을 꿇는 늙은 낙타도 물과 바람과 빛의 풍화 속에 묵묵히 발을 담그고 지금 막 한 계절을 지나는 중이어서

>

……

내게도 분홍 무릎이던 때가 있었다 활짝 핀 꽃처럼 한 생애를 열어 풀잎 내음이 나는 여행자를 업고 타박타박 모래 언덕을 넘던 날들이 내게도 정말 있었다

부르튼 갈기를 어루만지며 수익 겹의 생에가 명멸하는 깊고 투명한 사막의 눈을 본다 발자국 위에 발자국을 쌓으며 다시 바다와 바다의 꿈을 꾸는 다정한 바다사자 한 마리가 내 앞에 있다

어떤 수업

금방 세례를 받은 일곱 살 아이처럼 천진한 구름과 남빛 치마를 끌며 서성거리는 강물이 사부작사부작 바람의 페이지를 넘기며 깔깔대는 강의실이다

푸른 종소리를 품은 가마귀들은 앉거나 서거나 머뭇거리며 우레처럼 다가올 어떤 새로움의 기대로 부풀 대로 부풀어 계절의 이쪽과 저쪽을 팽팽히 당겨 그루터기만 남은 환한 논바닥이었다

고요한 등고선을 품은 깊고 깊은 흑판 그 한가운데 스물여덟 개의 별자리가 새겨지고 해도와 지도가 막막하게 그려지면 강의는 시작되었다

비행에 대한 완고함이 시간이나 컬러로 존재하는가라는 약간은 진부한 질문이 다양한 명제들 사이에서 가장 가마귀답고 정의로운 발상이라는 의견이 다수였으므로 누구는 시간은 비행과 반비례한다고 했다

또 누구는 시간과 컬러의 관계는 같은 선상에 있는 것이 아니라고 했다 또 다른 누구는 비행시간과 컬러의 채도는

빛과 연관성이 있을 뿐 완고함의 정체성과는 아무런 상관이 없다고 했다

너무 많은 빛과 그림자의 위험으로부터 아니면 자본주의적이고 암묵적인 컬러의 율법으로부터 근원적이고 우주적인 질서를 확립하는 일이야말로 시간과 시간 사이의 곡진한 기록이라고 늙은 바람이 일갈했다

결국엔 완고함에 대한 어떤 분별도 불가능하듯 황황한 비행과 부당한 컬러가 시간적으로 공간적으로 존재 가능하다는 것을 먼산바라기하던 구름과 강물이 차례로 추인하면서 야단법석들이 삐걱삐걱 한꺼번에 우루루 허공으로 흩어졌다

싱잉볼

달의 우물처럼 어두워지고 깊어지는 생각의 모퉁이를 둥둥둥 밀어 올리는 은빛 계단이 문득 내게로 왔어

물속의 도서관이었을까 낡은 페이지 사이를 나무들이 서성거렸어 나른한 우울이 봄의 은유처럼 뒤뚱거렸어

토끼를 놓친 앨리스처럼 나는 저녁 강가에 서 있었어 안개는 숲의 아이들인 양 재재배거리고 나는 어디서 온 새일까

문득 사막을 건너가는 낙타 떼가 생각났어 둥근 무릎을 삐걱이며 모래언덕을 넘던 생의 비탈들이 눈 내리는 창밖의 고요한 풍경 같았어

눈을 가리고 연자를 끄는 나귀였을까 나는, 숲으로 가는 길 어디쯤 누가 등을 들고 서 있었다 이 생각에서 저 생각으로 명랑하게 옮겨 앉는 새처럼 가벼울 수 없는 나는 정말 무슨 짐승일까

떠오르고 떠올라도 여전히 먼 계단 앞에서 나타났다 사라지고 사라졌다 다시 나타나는 저 희디흰 두근거림을 뭐

라고 부르면 좋을까

강과 들판 사이 마을과 마을 사이 기억과 기억 사이 낯선 행성에서 온 우편물 눈발처럼 가득한데 이 물빛은 어디로 가는 중이지 그리고 너는 어디서 온 소문이지

별의 자전自轉

어둠 속 물감 창고에서 제 몫의 빛을 꺼내는 고요한 영혼의 계단이다, 나무는

물빛 벼랑에 매달린 환하고 환한 방들이 행잉 코핀스, 머나먼 절벽 무덤을 생각나게 한다

숨을 놓고도 아슬아슬 허공의 발자국 풀지 않는 지상의 존재란 결국 어딘가에 매달려 버티는 적막한 게임

나아갈 수도 물러설 수도 한 치의 머뭇거림도 용납하지 않는 절체절명의 순간을 품은 투우사의 심장처럼

줄 위의 광대처럼 마음과 몸 팽팽하게 서로 당기는 나는 오직 나의 우환이었던 날들, 오래 절벽의 그림자를 품고 살았다

아득한 우주의 시간이 편 층층의 라이스 테라스처럼 읽는 순간 사라지는 가지런한 암호 문자들 황홀한 자객처럼 스며 있는

>

행잉 코핀스 꽃 핀 나무의 이랑, 마디마디 붉은 방이 피었다

시작詩作,

문살에 바른 닥종이는 자주 구멍이 났다 초승달 같은 북풍의 눈이 보이고 호롱불 아래서 양말을 깁던 엄마는 흐릿한 불빛을 잘라 바람의 발자국을 꾹꾹 누르곤 했지만 그늘은 그늘끼리 푸근해지고

겨울을 나기도 전에 우리는 조금씩 어두워지고

산 그림자가 다른 산 그림자를 불러 다정하게 둘러앉은 여름 마당의 풍경이듯 더러

천둥벌거숭이 같은 무엇들 무시로 들락거리는 나를 누군가 엿보다 간 것 같다 심장에서 심장으로 햇빛 스민 닥종이 같은 얼룩들 겹겹이 쌓였다 오백나한이 한꺼번에 달려들어 너 누구냐고 물었던 거 같은데 글쎄,

종종종 몇 마디의 잠꼬대 다독여 침을 바르고 꾹꾹 눌러 바람구멍을 막는다

배후

책을 읽다가 문득 뒤를 돌아본다 숨소리 죽인 선인장 한 분 홀로 면벽 중이다 마당의 풀을 뽑다가 또 뒤를 돌아본다 자박자박 분명 발소리가 들렸었는데 휘리릭 그림자 스치는 느낌이었는데 고개 숙이고 수선화 알뿌리 두어 개 묻다가 또다시 일어섰다 저만치 호미를 들고 흙을 고르는 누군가 있다 바람 속 예순 해 닳고 닳은 나일 리가 없다 호르르한 봄빛이 기꺼워 순가락을 팽개치고 꽃을 심을 리가 없다 예순 해를 흔들려도 잎사귀 하나 피우지 않은 나무였던 나다 바람과 눈발의 해안에 발이 묶여 이름 모르는 섬 하나도 불러 보지 못한 배였던 나다 '누구에게 속은 것인지 도무지 알 수가 없는'* 예순 해였다 물속 같기도 하고 굴속 같기도 한 오래전 어딘가에 다시 온 것 같다 분명 무언가 있다 붉은 교자를 타고 당근과 채찍을 나르는 말먹이처럼 고삐를 놓았다 당기고 놓았다 당기는

* 이문재의 「햇빛에 드러나면 슬픈 것들」 중에서.

토우들, 토우들

사람이기도 하고 사람 아니기도 한
어떤 아슬아슬함
순간순간 새로 만들어지는 나와 나 사이의
명랑한 반어들

월나라로 모자를 팔러 갔으나 삭발을 하고 문신을 한
월나라 사람들 앞의 송나라 상인처럼
유구무언들 울울창창

초점을 지운 그림 속을 서성이는
이미지와 이미지의 무기수들, 흙에서 왔고
흙으로 돌아갈 하나하나의 사물들
연착하는 기차처럼 자꾸 미끄러지는 손짓
우우우 더듬거리다 마는,
문이 열렸다 닫히고 문이 열리고 다시 닫히고

매미 속에 갇힌 울음처럼 갓 태어난 잉여처럼
헛간에 뒹구는 삭은 갈퀴처럼 흐릿한 얼룩들
산산조각 난 숲과 천 개의 모놀로그에 접힌

>

네모난 창문들,

네모난 심장들,

사과를 예쁘게 깎는 남자

이 별에서는 걱정인형을 엄마라고 불러요 한 번 부를 때마다 내 몸속엔 등이 하나 켜지고 한 번 대답할 때마다 조금씩 어두워지는 엄마를 아무도 눈치채지 못했어요

가파른 계단을 얼마나 걷고 걸어 어느 문간에 당도했을까요 아스라이 붉은 누란의 여인처럼 엄마는 다시 엄마를 낳았을까요

이런저런 걱정쯤 휘파람 불듯 흩어 버리고 사과를 먹는 중이에요 사과를 예쁘게 깎는 남자를 알아요 크고 넓적한 손으로 둥글고 붉은 나무의 전언을 꺼내는 일은 가볍지 않아요

다른 행성에서는 모르겠지만 우리 별에서는 그래요 나날의 문을 열고 닫는 해와 달의 부드러운 손가락보다 더 아름다운 건 없다고 누구나 믿었어요

사과를 참 예쁘게 깎는 남자를 알아요 달콤하고 환한 사과의 속살처럼 그 앞의 나날들이 잔잔한 봄 바다 같고 무성한 여름 나무 같았으면 좋겠어요

일요일의 병*

어떤 방문은 불가항력이다

별과 달의 자전 사이로 나무들이 자라고 새들이 꽃처럼 피어났다 때때로 눈이 내리고 북쪽보다 더 북쪽에서 바람이 불었다 어떤 계절은 물속의 시간이었다 낮고 축축하고 가벼웠다 춤추고 노래하고 손뼉을 치면서도 전쟁 속의 미아처럼 낯선 동네를 서성거렸다 연못의 수면이 시친 날개처럼 파닥거렸다 불가항력이 나침반의 남극과 북극처럼 잠시 흔들렸다

우주는 다시 고요한 첫 페이지다

* 《일요일의 병》: 안락사의 의미를 다룬 영화.

범고래 등대

고래의 뇌와 인간의 뇌 사이에는 신비로운 연결 고리가 있다고 한다

원래 지상의 생명이었던 그들이 무슨 연유로 삶의 터전을 옮겨 갔는지는 아무도 모르지만 아직도 아름다웠던 옛꿈의 흔적을 간직한 채 흐르는 중이라 한다

물의 언어로 바람을 말하고 푸른이라는 거대한 서사로 유유히 다시 쓰는 지상의 이력들

생각 속에 갇힌 병을 자폐라고 했다 세상과의 소통을 의식적으로 거부하고 자기만의 세계에 안주하려는 이들에게 고래와의 교감은 축복이라고 한다

비바람 휘몰아치는 밤바다에서 멀리 반짝이는 등댓불의 존재처럼 고요하고 다정한 심장의 두근거림으로 건네주는 물의 말들은

산산조각 난 유리병처럼 차디찬 땅거죽의 말들이 늘 마음 밖을 맴돌아 점점 더 깊은 늪이었던 생의 날개가 되어 준

빛나는 은빛 지느러미였다

처음에 고래는 인간이었을까 아니면 인간이 원래 고래였을까 흰 손바닥 펴서 허공의 물이랑을 탁탁 쳐 보았다

해 설

파랑파랑

문종필(문학평론가)

> 각시푸른저녁나방이 날개를 접고 제 가슴
> 안쪽의 어둠을 들여다보고 있다
> —「각시푸른저녁나방」 부분

권규미 시인은 2009년에 첫 시집『참, 우연한』을 출간한 이후, 13년 만에 두 번째 시집『각시푸른저녁나방』을 선보인다. 오랜만에 시집이 출간된 것에서 알 수 있듯이 독자들은 이 시집과 만나게 될 때, 여러 지점에서 세월의 흔적을 찾아볼 수 있다. "예순 넘게 나를 이끌고 다닌 뾰족한 맨발 앞에 무릎을"(「이슬이 비치다」) 꿇게 된다는 다소 침울한 시어도 그렇고, "예순 해를 굴러도/ 순해지지 않은 눈과 귀/ 부르튼 맨발"(「"당근 한 조각 천 원"」)이 언급된 것도 그렇다. 예순은 이순耳順으로 부르기도 하는데, 공자는 이 시기를 귀가 순해져 모든 말을 객관적으로 듣고 이해하는 시기라고 말했지만 시인에게 있어서 '예순'은 그렇게 순조롭지 않다.

> 예순 해를 흔들려도 잎사귀 하나 피우지 않은 나무였던 나

다 바람과 눈발의 해안에 발이 묶여 이름 모르는 섬 하나도
불러 보지 못한 배였던 나다 '누구에게 속은 것인지 도무지
알 수가 없는' 예순 해였다

—「배후」 부분

시인은 오랜 시간 흔들리며 봄과 여름과 가을과 겨울을 반복해서 보냈지만 단 한 번도 "잎사귀 하나 피우지" 못했다고 읊조린다. 해안가에 발이 묶여 "이름 모르는 섬 하나" 자유롭게 불러 보지 못했다고 고백한다. 꽃을 피우고 잎과 나이테를 넓히는 것이 나무로서 삶을 살아가는 자연스러운 흐름일 텐데, 그러한 기본적인 행위마저 이행할 수 없었던 것은 시인으로서의 역할뿐만 아니라, 삶 자체로의 이행도 쉽지 않았음을 알려 준다. 대상에게 이름을 붙이는 행위도 마찬가지다. 항구에서 벗어날 수 없는 폐선廢船처럼, 발이 묶여 있었던 탓에 주변을 자세히 바라보고 관찰하지 못했다. 그러니 명명할 수 있는 의지 섞인 행위도 사실상 불가능했다.

이처럼 시인에게 예순 살까지의 긴 여정은 "누구에게 속은 것인지 도무지" 알 수 없는 나날의 연속이었다. 그렇다면 독자들은 의심 없이 그녀가 걸어온 시간이 순탄치 않았음을 짐작할 수 있다. 그래서 그런지 모르겠지만, 그의 시집 속에는 '슬픔'의 흔적을 어렵지 않게 확인할 수 있다. "모든 사랑은 슬픔이어서 울다가 깨어 보면 훌쩍 키가 자랐다"(「감자를 캐는 아침」)라는 표현도 그렇고, "구름의 슬픔을 깁던 나무들의 이야기는 빗방울에 갇혀 오래"(「월인月印」) 떠났다는 표현도, "바

위그림 속 말안장이나 화살촉처럼 더듬거리는 마음보다 풍경이 먼저 휘어지는 건 오래된 슬픔 그 빗방울 탓"(「겹」)이라는 표현도 그렇다. 이 해설에서 '슬픔'과 관련된 표현이나 작품을 모두 나열할 순 없지만, 분명한 것은 권규미 시인에게 슬픔의 메아리는 두 번째 시집을 운용하는 중요한 키워드가 된다. 그러니 독자들은 그녀의 '슬픔'이 어떤 방식으로 변주되는지 확인해 볼 필요가 있다.

이 시집은 어떤 방법론으로 펼쳐지는가. 하나의 방법론이 시집에 수록된 모든 작품에 영향을 미치지는 않겠지만, 일정 부분 강한 에너지로 영향을 줄 수밖에 없다. 그렇다면 다시 질문해 보자. 이 시집의 구상은 어떻게 흘러가는가. 나는 그것이 '꿈(상상)'꾸는 행위를 통해 그려지는 변주의 모습이라고 생각한다. '꿈(상상)'을 하나의 방법론으로 지금 이곳의 현실과, 현실과는 사뭇 다른 또 다른 현실의 조각을 붙여 새롭게 현실을 그려 내는 방식이 그것이다. 현실에서의 결핍을 '희망'이라는 다소 막연한 바람을 통해 구멍을 채우는 것처럼 시인이 운용하는 언어에는 이러한 바람이 담겨 있다. 그러니 독자들은 '상상'의 형태로 출현하는 표정에 관심을 가질 필요가 있다.

그녀의 시를 읽고 있으면 하나의 조각이 다른 조각으로 성실하게 붙어 있는 것이 아니라 하나의 조각이 이질적인 물질과 붙여진 채 연결된다. 시인은 "이 생각에서 저 생각으로 명랑하게 옮겨 앉는 새"(「싱잉볼」)가 되려고 노력했던 것이다. 다소 무리하게 연결되는 장면에서는 현실을 또 다른 현실로 재현하려는 의지가 강하게 느껴진다. 물론, 이와 같은 이행은 시인의 바람만으로 완성되는 것은 아니다. 그래서 그런지 모르겠지만, 이 힘을 오래도록 유지하기 위해 시론적인 맥락에서 자신의 마음을 이곳과 저곳에 투영했다. 우리는 위트 있게 이와 같은 방법론을 '벌어진 '사이'를 잇는 것' 즉, '사이'의 콘택트contact라고 부를 수 있겠다.

육십 몇 년 만에 아니 삼십육억 년 만에 드디어 나는 한 적소謫所에 당도했네

한때는 달의 모서리에 찍힌 손톱자국이었고 가시나무 가지를 맴도는 묽은 새소리였고 이리저리 굴러다니는 남루한 조각 햇살이었고 깊디깊은 우울을 품은 바람의 멍든 발자국이기도 했지만

사각거리는 고요의 손바닥 위 나비처럼 가벼운 무릎과 무릎들의 시간 그 앞에 나는 말랑말랑 즐거운 나무 한 그루였다 시시비비의 무늬가 마알간 수틀 속처럼 눈부시게 찰랑거리는 뜨거운 오후였다

어떤 시간의 마디에는 굴렁쇠처럼 구르는 은빛 시작이 있다고 했던가

손톱이 까만 이방의 소년도 기우뚱 분홍 무릎을 꿇는 늙은 낙타도 물과 바람과 빛의 풍화 속에 묵묵히 발을 담그고 지금 막 한 계절을 지나는 중이어서

……

내게도 분홍 무릎이던 때가 있었다 활짝 핀 꽃처럼 한 생애를 열어 풀잎 내음이 나는 여행자를 업고 타박타박 모래언덕을 넘던 날들이 내게도 정말 있었다

부르튼 갈기를 어루만지며 수억 겹의 생애가 명멸하는 깊고 투명한 사막의 눈을 본다 발자국 위에 발자국을 쌓으며 다시 바다와 바다의 꿈을 꾸는 다정한 바다사자 한 마리가 내 앞에 있다

—「분홍 무릎」 전문

이 시는 한때 우울하고 건조했지만 자신에게 꼭 그런 날들만 펼쳐졌던 것은 아니라는 맥락의 작품이다. 하지만 이 작품을 이렇게 읽으면 재미가 없다. 시인이 사용했던 방법론을 의식하고 읽어 나갈 때, 오히려 더 흥미롭다.

육십 년 만에 적소適所를 찾은 화자의 처지는 적소를 찾을 때까지 여러 방식으로 변주된다. 예를 들어 2연에서 적적한 시절의 모습은 "달의 모서리에 찍힌 손톱자국"으로, "가시나무 가지를 맴도는 묽은 새소리"로 "이리저리 굴러다니는 남루한 조각 햇살"로 "우울을 품은 바람의 멍든 발자국"으로 펼쳐진다. 이러한 표현들은 정서적인 측면에서 유사하지만 엄밀히 따지면 같은 감정이 아니다. 시인의 말을 빌려 오자면 "세상의 모든 포도를 한 통 속에 가두는 포도"(「적막의 배후」)처럼, 투박한 시선이 아닌 늘 항상 다르게 표현

되는 '포도'송이인 것이다. 그렇기 때문에 독자들은 이런 차이를 의식하면서 작품을 읽을 필요가 있다.

역시나 유사한 방식으로 정서는 다르지만 적소를 찾고 난 후, 긍정적인 감정을 같지 않는 방식으로 배치한다. 3연에서 확인할 수 있는 것처럼 고요한 시간 앞에 "말랑말랑 즐거운 나무 한 그루"가 되거나, "눈부시게 찰랑거리는 뜨거운 오후"가 되어 보는 것이다. 그러니 이러한 시간은 "굴렁쇠처럼 구르는 은빛"처럼 무엇인가 힘 있는 시간으로 펄럭인다.

화자는 이 공간에서 자신의 삶을 돌보며 새로운 가능성을 타진한다. 그런데 타진하는 방식 역시 시인이 설계한 창작 방법 안에서 펼쳐진다. 평범한 문장으로 시를 끌어오는 것이 아니라, 동일하지만 다른 표정으로 동일한 감정을 미세하게 설계한다. "손톱이 까만 이방의 소년"이 "기우뚱 분홍 무릎을 꿇는 늙은 낙타"와 어울리는 것처럼 말이다. 끝내는 이러한 존재들이 고난을 통과한 후, 일어서게 된다.

화자는 "지금 막 한 계절"을 지나가고 있다고 말하며 자신을 추스른다. 그러면서 미래의 가능성을 제시한다. 잊지 말아야 할 것은 '가능성'을 제시하는 방식에 있어서도 단순히 배치되는 것이 아니라, 그만의 이미지와 표현 방식으로 여러 층을 나누어 건축한다는 점이다. 따라서 권규미의 시를 빠르게 읽기 힘들다. 느리게 천천히 읽었을 때, 재미를 확보할 수 있다. 그러니 독자들께서는 다급한 태도를 피하고 천천히 여유 있게 읽어 주시라.

줄남생이 같은 감자알들 안간힘을 쓴 듯
이마 위 주름살 팽팽하다 온몸 까슬까슬 별이 박혔다

처음엔 물방울처럼 작고 맑았을
햇병아리 심장처럼 콩콩콩 뛰었을
손톱 조각 뜬 야윈 어둠도 바다 같았을

모든 사랑은 슬픔이어서 울다가 깨어 보면 훌쩍 키가 자랐다
각진 마음도 둥글어지고 그만큼 세상의 틈이 헐거워졌다

그만큼 나의 자리가 순해진 것
시간과의 사이가 조금 가까워진 것
어둠이 조금 물러나 준 것
별들이 스스로 제 키를 줄여 준 것

햇살의 젖꼭지에 매달려 우르르 몰려나온
감자알같이 어린 신들 앞에 저절로 몸이 낮아지는 아침이다
—「감자를 캐는 아침」 전문

이 시집에 수록된 첫 번째 작품이다. 이 시도 시인의 방법론과 함께 읽으면 흥미롭다. 앞부분에서 그녀의 창작 방법을 '사이의 콘택트'라고 언급한 바 있다. 여기서 '사이'라 함은 비슷한 정서가 전혀 다른 표현을 통해 조우한다는 맥락이 담겨 있다. 이 작품도 이런 방식과 동일하게 운영된다.

시인은 감자 캐는 장면을 자신의 삶과 나란히 연결시킨

다. 감자 캐는 행위를 통해 자신의 삶을 움켜잡는다. 감자를 캐 본 사람은 감자를 끌어 올릴 때, 감자알들이 힘겹게 매달려 올라온다는 사실을 안다. 여기서 감자의 힘겨움은 '힘겨움'이라는 실제 감정을 표현한 것이기보다는 뿌리에 여러 알맹이가 끌려 올라오는 시각적인 장면(힘겨움)을 담아내기 위해 적혔다. 화자는 이러한 순간을 "이마 위 주름살 팽팽하다"라는 표현으로 한 사람의 힘겨움을 그려 놓는다. 주름살이 팽팽해지기 위해서는 치아齒牙와 이마에 강한 힘을 쏟아야 하는데, 시인은 그 애씀을 이미지를 통해 시로 옮겨 놓은 것이다. 그리고 또다시 그 애씀은 "온몸 까슬까슬 별이 박혔다"라는 표현처럼 땀방울로 재현된다.

하지만 이러한 노력이 노력으로 끝나지 않는다. 감자를 수확하는 행위는 결국에는 시인의 성장成長과 어울린다. "물방울" "햇병아리 심장" "손톱 조각 뜬 야윈 어둠"은 '첫'과 같은 흔적으로 작은 감자알에 해당될 뿐만 아니라, 궁극적으로는 위축되고 작았던 화자의 처지와 다름없다. 하지만 위의 작품에서는 이 작은 존재가 성장하는 것으로 그려진다. 물론, 여기서 성장은 길이나 높이가 아닌 심적인 성장과 관련이 있다. 모든 사랑은 "슬픔이어서 울다가 깨어 보면 훌쩍 키가 자랐다"라는 표현이나, "각진 마음도 둥글어"진다는 표현이 그것을 증명한다.

화자는 이러한 성장을 두고 자신 주변에 맴돌던 어둠이 밀려났다거나, 나의 자리가 순해졌다고 말한다. 그러니 화자에게 감자를 캐는 일은 '나'를 응시하는 것과 무관하지 않고, "몸이 낮아지는" 경이로운 순간과도 만난다. 시인은 한 때, "이 마을 저 마을 실없이" 떠돌며 "내가 너무 멀리" 떨어진 것처럼 느껴져 "가파른 꿈속"(「곰곰」)을 헤맸다고 이야기했다. 하지만 이제 더 이상 그렇지 않을 것 같다. 가끔은 시인의 삶에도 여유가 찾아올 것 같다. 그러니 이 시집을 읽는 독자들은 시인이 무장한 방법론을 의식하며 화자가 어떤 방식으로 자신을 성장시키는지에 대해 초점을 맞출 필요가 있다. 이 방법이 이 시집을 즐기는 하나의 방법이다.

이 시점에서 우리는 다음과 같은 고민을 하게 된다. 그것은 바로 시인은 대체 누구인가이다. 서두에서 시인이 슬픔을 매개로 자신의 모습을 드러낸다고 피력한 바 있지만, 이 정보만으로 시인의 얼굴을 만져 봤다고 볼 수 없다. 우리에게는 더 많은 정보가 필요하다. 중요한 것은 이 정보를 수집하는 방법 역시 직설적인 단어로 시인의 모습을 확인할 수 있는 것이 아니라, 변주된 비유나 이미지로 확인할 수 있다는 점이다.

시인은 "한때 나는 추운 나라의 나방이었다 때때로, 한기寒氣처럼 쏟아지는 저녁"(「가시푸른저녁나방」)이었다고 적는다. 역시나 '나'는 동일하지만 추운 나라의 '나방'이 '나'가 되기도 하고, 추운 겨울날 센 바람을 버티는 '저녁'이 '나'로 명명되기도 한다. 이처럼 화자의 현실은 좀처럼 순조롭게 흘러가지 않았다.

누군가가 시인에게 소원이 무엇이냐는 질문에 "펑펑 쏟아지는 눈발처럼 한없이 울어 보는 것"이라고 대답하거나,

"하염없이 가벼워져"(「슬픔에 대한 예의」) 보고 싶다는 발언에서 짐작할 수 있듯이, 그녀의 지난날이 만만치 않았음을 알 수 있다. 가족들을 그린 시편에서도 이러한 감정을 쉽게 찾을 수 있다. 그녀는 자신의 부모님을 요양병원에 보내게 되는데 그 당시의 감정을 "덫에 걸린 너구리처럼 제 그림자 뱅뱅 도는 상한 짐승 한 마리 내 안에"(「덫」) 있다고 표현한다. 이처럼 시인에게 있어서 자신의 삶은 "일생이 순간인 흩날리는 눈송이처럼 가파른 스무고개"(「바벨도서관」)나 다름없었던 것이다. 기저에 깔린 이러한 심리로 인해 그가 쳐다보는 대상 또한 온전한 형태를 찾아보기 힘들다. 그녀가 바라본 대상은 하나같이 적적한 형태로 펼쳐진다.

하지만 이러한 감정도 늘 항상 지속되지 않는다. 시인이 이 감정을 온전히 응시할 수 있다는 것은 극복의 차원을 품고 있음을 의미한다. 슬픔 자체를 슬픔 자체로 응시하는 것은 강한 몸을 소유한 것이나 다름없다. 이것은 고독을 즐기는 것과 무관하지 않고, 외로운 감정과 친숙해지는 것이니 오히려 더 여유롭게 느껴진다. 이처럼 소중한 시간이 시집에 쌓인다는 점에서 흔들리는 순간들을 부정적으로 읽을 필요는 없다. 누군가가 예술을 잃어버리고 이데올로기를 얻은 것처럼, 권규미 시인은 행복을 밀어내고 시집을 얻었기 때문이다. 아이러니한 것은 상처를 쏟아 낸 시집이야말로 새로운 기쁨이다.

이 시집의 또 다른 핵심 포인트는 '경주'라는 지역을 배면에 깔고 있다는 점이다. 직접적으로 특정한 지역이 거론된 것은 아니지만, 그림자처럼 지역을 숨겨 놓고 있어서 '경주'로 상징되는 흔적을 찾는 것은 독자 입장에서 또 하나의 즐거움이다. 지역 분권화 시대에 권규미 시인의 시집은 무의식적으로 영향을 받을 수밖에 없는 '경주'의 풍경을 자신만의 호흡법으로 작품에 스며들게 한다. 인간의 심리와 마음을 공간이 지배한다는 점에서 지역의 종교적인 향기가 시집에 스미는 것은 어쩌면 너무나 당연하다.

시인에게 있어서 시는 무엇일까. 벗어날 수 없는 악력握力일까. 13년 전에 출간된 그녀의 첫 번째 시집을 지금 다시, 넘겨 본다. 첫 시집에 적힌 '시인의 말'에서 그녀는 "내가 나인 것이 고맙다/ 그대가 그대인 것도 감사하다/ 우연히 닿은 섬인지도 모르겠다/ 생이라는 것"이라고 적었다. 시인의 말처럼 삶이라는 것은 어쩌면 '나'로 온전히 살 수 있어서 감사한 것이고, 당신에게 향할 수 있어서 마냥 고마운 것인지도 모른다. 삶이라는 것은 그렇게 어울려 함께 살아가는 것이다. 오래전에 시인은 "가난한 마음 비집고 날마다 걸어 나가는 나가서는 어디에 무엇 되었는지 감감 무소식이었던 나"(「잃어버린 나를 찾다」)에 대해 그려 놓았다. 하지만 오랜 시간이 지난 지금 그녀가 그려 낸 '나'는 예전과는 다를 것이다. 시인은 예순의 시간 동안 진정한 나를 찾았을까. 이 과정을 탐닉하는 것은 독자들에게 즐거운 시간이 될 것이다.